EL BARCO DE VAPOR

Luces en el canal

David Fernández Sifres

Ilustraciones de Puño

sm

www.
literaturasm
.com

Primera edición: abril de 2013
Tercera edición: febrero de 2015

Dirección editorial: Elsa Aguiar
Coordinación editorial: Paloma Jover
Coordinación gráfica: Lara Peces

Impresores, 2
Parque Empresarial Prado del Espino
28660 Boadilla del Monte (Madrid)
www.grupo-sm.com

ATENCIÓN AL CLIENTE
Tel.: 902 121 323
Fax: 902 241 222
e-mail: clientes@grupo-sm.com

ISBN: 978-84-675-5205-8
Depósito legal: M-8769-2013
Impreso en la UE / *Printed in EU*

A Yolanda,
porque Jaap Dussel tiene razón.

1

El hombre que vivía en la barca vieja del canal se llamaba Jaap Dussel y tenía un secreto.

Su nombre no era el secreto, claro, pero solo lo sabían dos personas: su mujer y Frederick. No es que Jaap Dussel no quisiera que los demás supieran cómo se llamaba, pero lo cierto es que nadie le pregunta el nombre a un señor viejo que vive de lo que puede pescar y de las monedas que le dejan en el sombrero los que pasan a su lado.

Su mujer se lo aprendió cuando se casaron, o antes, pero Frederick, que vivía en una casa frente al canal, se lo preguntó uno de los primeros días de las vacaciones, cuando se armó de valor para ir a hablar con él.

Se acercó receloso, casi con disimulo, desviando la vista y sin estar aún seguro de querer conocer al hombre misterioso de la barca. Tanto disimuló que, cuando se quiso dar cuenta, el hombretón estaba plantado delante de él. Y Frederick tartamudeó al empezar a hablar.

–¿Co... cómo se llama?

El hombre se sorprendió. Nadie, nunca, le había preguntado su nombre. Al menos desde que vivía en aquella barca. Y ese interés, aunque fuera de un desconocido, le alegró. Carraspeó un poco para aclararse la garganta y trató de utilizar el tono más dulce que pudo.

–Dussel. Jaap Dussel.

Y esa voz los tranquilizó a ambos.

–Hola, señor Dussel.

–No soy señor, chico. Soy Jaap Dussel a secas.

–Sí es señor, señor Dussel. Tiene sombrero –dijo Frederick señalando el de las monedas–. Si tiene sombrero es que es señor, señor Dussel.

Jaap Dussel sonrió y repitió entre dientes.

–Señor Dussel, se-ñor-Du-ssel. Me gusta.

–Yo me llamo Frederick, pero puede llamarme Frits.

Frits tenía el pelo muy rubio, los ojos claros y una nariz respingona que no le gustaba nada porque le picaba con frecuencia. Y, cuando le picaba, tenía que soltar una de sus muletas para rascársela.

Las muletas no le molestaban. Eran como unas gafas. Se había acostumbrado a ellas desde pequeño. Él no se acordaba de nada, pero Erika, su madre, le contaba que, cuando tenía un año, una bicicleta había chocado contra él un día de paseo y le había roto la tibia de la pierna izquierda. Si hubiera sido mayor, le habrían puesto una escayola con la que ligar en clase y sus amigos le habrían dibujado cosas, pero cuando le pasó nadie se dio cuenta porque el niño aún no andaba. Dos días después, la pierna se hinchó y, cuando su madre decidió acudir a un médico, una parte ya se le había gangrenado y tuvieron que amputársela.

Erika se sintió culpable desde entonces, y eso que Frits nunca había echado de menos tener dos piernas. Decía que era como el que no ha visto nunca el mar: puedes tener curiosidad, pero no lo echas de menos porque no sabes cómo es.

Además, había aprendido a hacer un montón de piruetas sobre esos palos rígidos que apoyaba en las axilas. Si se ponía en medio de una plaza, muchos se paraban a mirarle y algunos le dejaban monedas, convencidos de que era un mendigo, un niño triste y sin suerte.

Pero se equivocaban del todo. En cualquier caso, Frits nunca despreciaba una moneda. La cogía de inmediato y se iba rápido al carro de helados del señor Berg, a por uno bien grande de chocolate con limón. Sí, era un mezcla rara. Y qué.

A la madre de Frits no le gustaba el señor Dussel. Aunque no le llamaba así, claro. No tenía ni idea de cómo se llamaba y jamás se le ocurriría ir a hablar con aquel pordiosero.

–Frederick, deja de mirar al viejo ese del barco, y no se te ocurra acercarte por allí, ¿eh? –ordenaba, y Frits se separaba de la ventana y se ponía a leer un libro gordo para aprender alemán.

Erika era la mejor madre del mundo. Frits se lo decía con esas mismas palabras a cualquiera que le preguntase. Y a veces lo decía también aunque no le preguntasen. En ocasiones estaba demasiado pendiente de él y se ponía un poco pesada, pero Frederick sabía que era por lo de la pierna: a Erika le aterraba pensar que su hijo pudiera sufrir otra desgracia.

La ventana de la habitación de Frits daba directamente al canal, justo al otro lado de donde estaba amarrada la barca del señor Dussel. Frits se pasaba horas mirando hacia allí. Se alegraba cuando el hombre conseguía sacar del agua algún pez porque, entonces, al señor Dussel se le iluminaba la cara, se metía en la barca, encendía un hornillo, colocaba una sartén y lo cocinaba. Después salía a cubierta, se atusaba la barba y el bigote y esperaba a la señora Dussel con una sonrisa de satisfacción enorme.

Si la pesca era abundante, Jaap dejaba algunos peces al pie de la torre de la iglesia, para las cigüeñas. Las cigüeñas eran especiales. Por lo que sabía, muchas parejas permanecían unidas de por vida, incluso aunque atravesaran años difíciles en los que perdían a sus polluelos o la comida era escasa. Y siempre se mantenían en pie, firmes en su nido, aunque las tormentas cayeran a plomo sobre ellas. Algunas veces, cuando las cosas venían muy mal, verlas allí arriba le animaba a seguir y volvía a echar la caña con la esperanza de poder encender el hornillo y esperar a su mujer con una sonrisa.

La señora Dussel se llamaba Antje. Esta vez fue el señor Dussel quien se lo dijo a Frits.

–Frits, voy a presentarte a mi mujer. Ven, querida. Frits, esta es mi mujer, la señora Dussel –anunció, remarcando lo de señora y guiñándole un ojo al niño.

Antje levantó las cejas, sorprendida. Jamás la habían llamado señora Dussel.

–¿Señora Dussel? –repitió.

–Claro, querida. Eres la esposa del señor Dussel. ¿A que sí, Frits?

Y Frits asintió con la cabeza, convencido, con lo que desde aquel día los mendigos de la barca del secreto pasaron a llamarse señor y señora Dussel.

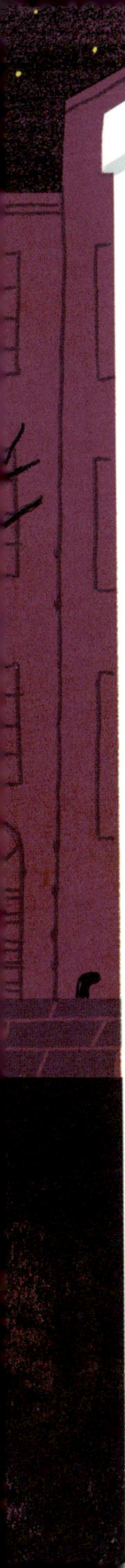

2

La barca de los señores Dussel, aunque no era grande, tenía un camarote, una sala de estar con cocina y un cuarto de baño. El señor Dussel la había encontrado destartalada y semihundida hacía mucho tiempo, pero la había acondicionado hasta convertirla en su casa. Una casa de color azul oscuro.

A las orillas de los canales de Ámsterdam había más gente que vivía en barcas, pero ninguna era tan pequeña y tan vieja como la de ellos. Algunas tenían varias habitaciones y un jardín en la cubierta, con plantas y un sofá con columpio. Y barbacoa. La de los señores Dussel no tenía nada de eso, pero sí escondía un secreto: por la noche se veía salir destellos luminosos del interior, a veces de distintos colores.

A algunos les había faltado tiempo para asegurar que aquellos mendigos eran brujos y que por las noches se dedicaban a elaborar pociones malignas que echaban chispas y humo. Otros decían que eran simplemente unos ladrones de poca monta porque, de vez en cuando, el señor Dussel ponía a la venta bicicletas preciosas. «Imposible que sean suyas», decían.

Unas veces, alguien venía con la policía asegurando que la bicicleta que se vendía se la habían robado días atrás. El señor Dussel daba su palabra de honor de que no era cierto, pero el policía requisaba la bicicleta y se lo llevaba detenido uno o dos días. Y esos dos días, la señora Dussel no hacía otra cosa que llorar.

Pero, otras veces, el señor Dussel conseguía venderlas y sacaba unas monedas. Entonces, y durante unos días, de la barca de los señores Dussel salía un apetitoso olor a guiso de carne y a los dos se los veía más contentos. En ocasiones, incluso, se abrazaban sobre la cubierta y miraban atardecer, con el estómago lleno y pensando que, después de todo, la vida no era tan mala aunque no tuvieras nada.

Frits se dio cuenta bastante pronto de que no tenían nada. A veces el señor Dussel no pescaba, no había monedas en el sombrero y la señora Dussel volvía a la barca con la cabeza baja, sin que en ninguna casa la hubieran querido contratar para limpiar durante unas horas. Ese día no encendían el hornillo. Si la situación se repetía al día siguiente, los señores Dussel dejaban la barca, se perdían por la ciudad y volvían con alguna paloma o con un pichón cazado en algún alero. Pero ese día cenaban en silencio y no salían a ver atardecer. Sí se abrazaban, pero lo hacía el señor Dussel, para que su mujer pudiera llorar a gusto y no viera que a él también se le escapaban las lágrimas.

Por eso, algunas tardes Frits cogía comida a escondidas de la despensa de su madre, la guardaba en una bolsa que se echaba a la espalda y aprovechaba la ausencia de los señores Dussel para dejársela sobre la cubierta de la barca. Luego volvía a su casa y se apostaba en la ventana para asegurarse de que la encontraban y ver cómo se les iluminaba la cara.

El primer día, el señor y la señora Dussel abrieron la bolsa y miraron en torno, confundidos. Frits, que espiaba desde su cuarto, sonrió y, cuando los ojos de Jaap Dussel y su mujer barrían las fachadas de las casas del otro lado del canal buscando alguna señal que les pudiera indicar quién les había dejado la comida, se retiró para que no le vieran.

Pero el señor Dussel, que aún no sabía que era señor, sí alcanzó a ver la figura de un niño que trataba de alejarse de la ventana inmensa del tercer piso, bajo el saliente, en el edificio del restaurante, y estuvo seguro de que era él quien les había dejado la lata de arenques ahumados y aquella cazuelita de patata cocida.

Por eso el señor Dussel sonrió dos veces el día en que Frits le dijo que era señor porque tenía sombrero. Sonrió primero al repetir para sí la expresión que había utilizado el niño.

–Señor Dussel, se-ñor-Du-ssel. Me gusta –había dicho.

Y sonrió después de nuevo cuando el chico se presentó.

–Yo me llamo Frederick, pero puede llamarme Frits. Vivo ahí enfrente, en el edificio del restaurante –había dicho el niño–. Mi habitación es la de la ventana grande del tercer piso.

–¿Bajo el saliente?

–¡Sí, esa! Bajo el saliente.

Y el señor Dussel, que había sonreído por segunda vez, casi emocionado, acarició con su manaza la cabeza del chico.

3

La primera vez que Frits vio las extrañas luces de la barca fue un jueves. Aún no conocía al señor Dussel. Se había despertado en mitad de la noche. Sin levantarse, podía ver perfectamente todo lo que ocurría al otro lado del canal, a través de la ventana. No le costó acostumbrar la vista a la oscuridad porque la luna era como un enorme faro de bicicleta.

De repente le llamó la atención un chispazo de luz que parecía haber salido de la barca del mendigo. Al instante, otro chispazo se escapó por los ventanucos de la barca. Y otro. Por momentos, el interior de la barca se iluminaba y Frits podía ver a un hombre agachado.

Se acercó a la ventana sin usar las muletas, dando saltitos con su pierna derecha, descalzo, para no hacer ruido.

Sentado en el suelo, se apoyó contra el cristal y observó con atención todo lo que ocurría en la barca. El camarote se iluminaba con unas luces que unas veces parecían amarillas; otras, rojas, y otras más, azules. Frits pudo adivinar la imagen borrosa de un hombre. Una última llamarada, más fuerte, le permitió ver con más claridad. Y se asustó. Si hubiera estado de pie, seguro que se habría caído de culo. La cara del hombre de la barca no era normal. Era una cara rectangular, como una ficha de dominó puesta de pie por el lado negro. Y mucho más grande que un rostro.

Notó cómo el corazón se le aceleraba e, instintivamente, escondió un poco su cuerpo. En ese momento, la figura salió a cubierta. Frits estaba convencido de que vería asomar a un monstruo, pero quien apareció fue el hombre de la barca. Su cabeza era normal y tenía la cara repleta de sudor. Se agachó por la borda, tomó agua con la mano y se humedeció la nuca y la frente.

Esa noche no hubo más luces.

4

A Frits le encantaban las bicicletas. Le gustaban más aún que los helados de chocolate y limón del señor Berg. Se podía pasar horas enteras sentado en su habitación o en un banco viendo pasar bicicletas por la calle. Tenía suerte de haber nacido en Ámsterdam, porque Ámsterdam era la ciudad de las bicicletas. Había más bicicletas que personas. De hecho, casi todo el mundo se movía en bicicleta por la ciudad. Y había bicicletas aparcadas por todas partes: en los puentes, en las aceras, en las rejas de las casas, en los árboles. En las nubes no, pero seguro que faltaba poco.

Frits no tenía bicicleta. Con una sola pierna no podía pedalear, pero, aunque pudiera, su madre jamás le dejaría tener una. Para ella, y desde el accidente, las bicicletas eran el peor invento de la humanidad. Cuando volvieron del hospital, con Frederick recién operado, Erika cogió su propia bicicleta y la arrojó al canal, con rabia. Y nunca más quiso comprar otra.

Se lo contó un día al señor Dussel.

–A mí me encantan las bicicletas, señor Dussel.

El señor Dussel acababa de colocar una bicicleta preciosa sobre la cubierta de la barca, con el cartel de SE VENDE. Era verde, con el sillín naranja y un manillar brillante que reflejaba los rayos del sol.

–¿Te gusta? Ruedas grandes, sillín ancho con muelles, timbre... Una maravilla, ¿verdad?

Ya no era la primera vez que el chico y él hablaban. En ocasiones, cuando su madre no estaba en casa, Frits se sentaba en la acera que hacía de muelle y, con la pierna colgando sobre el canal, junto a la barca, charlaban. Y el tiempo pasaba con rapidez. Desde el día en que conoció al señor Dussel, nunca había sentido miedo de él, por mucho que la gente hablara mal; por mucho que hubiera visto las luces y aquella figura extraña.

Pero prefería no preguntarle por ello.

–A mí me encantan las bicicletas, señor Dussel –había dicho el chico.

Jaap Dussel estaba hablando de lo magnífica que era la que tenía delante, pero entonces recordó las bolsas con comida, tomó el cartelito que anunciaba la venta y lo rompió.

–Quédatela. Te la regalo. Así te acordarás siempre de tu amigo Jaap Dussel.

Frits abrió los ojos como si fueran ruedas de bicicleta, pero la alegría le duró apenas un instante.

–Me encantaría, señor Dussel, pero no creo que sea buena idea –se lamentó señalando hacia las muletas–. No podría usarla.

Jaap Dussel se golpeó la frente con la palma de la mano.

–¡Santo cielo! Pero qué torpe soy. Ya no me acordaba.

–A mí también se me olvida –aseguró Frits.

Se quedaron mirando un momento y lo absurdo de la situación hizo que estallaran en carcajadas.

A partir de ese día, algo cambió en la barca, pero Frits no lo supo hasta tiempo después.

5

DURANTE las siguientes noches se vieron muchas más luces en la barca. La señora Dussel salía de mañana y volvía siempre con gesto de no haber conseguido ningún trabajo. El señor Dussel, por su parte, ni siquiera intentaba pescar. Se pasaba el día encerrado y, por las noches, los destellos de luz alumbraban a la figura de la cabeza inmensa, con su forma rectangular.

En tres días, lo único que se llevaron a la boca los señores Dussel fue un pato pequeño que Antje había atrapado en uno de los canales y unas hojas de col con dos tomates que había encontrado entre los restos de un mercado local.

Erika, la madre de Frederick, le castigó varias veces por observar al mendigo, pero a Frits le dio igual por dos cosas: porque a su madre se le olvidaban rápido los castigos y siempre venía a darle un beso en la frente, y porque ya no tenía dudas de que aquella barca escondía un secreto. Ahora estaba decidido a descubrir qué ocultaban los señores Dussel y qué era la figura monstruosa que se adivinaba cuando aparecían aquellas luces incomprensibles. Y también por qué el señor Dussel apenas salía de su barca desde hacía unos días, ni siquiera para buscar comida.

Pero Frits también estaba preocupado. Con ganas habría llevado a los señores Dussel unas bolsas con fruta o las sobras de algún guiso, como otras veces, pero no se atrevía. No porque tuviera miedo, sino porque Jaap nunca abandonaba la barca y él seguía prefiriendo que no supieran quién era el que, de vez en cuando, les dejaba algo de comida. Tampoco es que le diera vergüenza, pero pensaba que a lo mejor, si los señores Dussel se enteraban, se sentirían incómodos.

Resultaba curioso que Jaap, por la misma razón, no hubiera querido decirle que lo sabía desde el primer día.

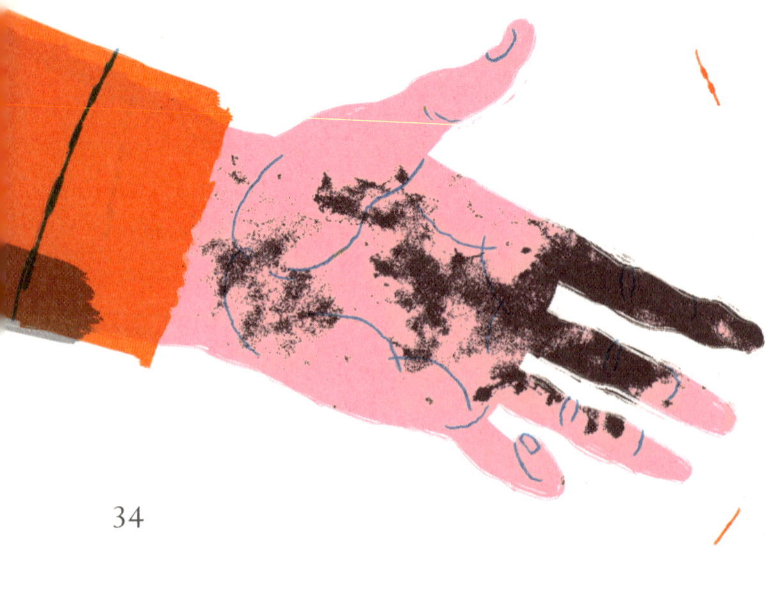

Pero Frits lo supo al día siguiente, cuando calculó que los señores Dussel llevaban tres días casi sin comer y no quiso esperar más. Cogió la bolsa que tenía preparada y salió de su casa; ya inventaría una excusa por el camino.

Jaap Dussel estaba dentro del camarote.

–Buenos días, señor Dussel.

Frederick le vio tapar algo con una manta de manera precipitada antes de salir a cubierta.

–Buenos días, buen amigo –contestó el hombre.

Tenía la frente llena de sudor y acababa de limpiarse apresuradamente las manos para ocultar unas manchas negras. Frits se dio cuenta, pero no dijo nada.

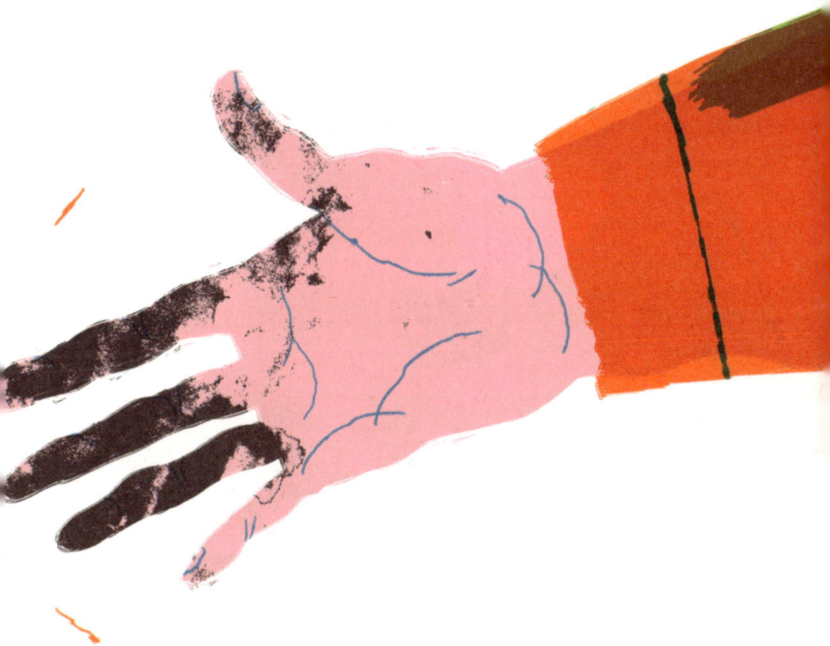

–Mi madre ha preparado un pastel de carne y me ha pedido que les traiga un poco, por si lo quieren probar –mintió.

El señor Dussel sonrió, sabiendo que el chico no decía la verdad. Tomó la bolsa, la abrió y se la acercó a la nariz.

–Huele deliciosamente. Dale las gracias a tu madre –dijo siguiéndole el juego–. Y por todas las demás bolsas. Está todo muy rico.

Sonrió otra vez y le guiñó un ojo.

Frits se quedó boquiabierto, haciendo que sus labios dibujaran una O perfecta. ¿El señor Dussel lo sabía y él no lo había notado? Quiso decir algo, pero Jaap negó con la cabeza y le indicó que se sentara en el borde de la acera, hacia el canal, como siempre. Esta vez se sentó a su lado. Los dos miraban al agua. Una pareja de patos pasó nadando sin miedo cerca de ellos. Jaap Dussel levantó la cabeza y sacó un pedazo de pan de la bolsa que le había traído el niño. Les lanzó unas migas y los patos las atraparon casi al vuelo. Frits sonrió, recuperado ya de la sorpresa. Entonces el hombre hinchó los pulmones y soltó el aire despacio antes de empezar a hablar.

–¿Sabes, Frits? A veces preferiría ser un pato. O una cigüeña. O un pájaro cualquiera.

El niño frunció el ceño, sin entender. El señor Dussel continuó hablando.

–Cada día que amanece salen a buscar comida. Y la encuentran. Así, día tras día. O aparece un trozo de pan duro en algún rincón, o algún gusano, o alguien les tira unas migajas, como nosotros. Aunque no sepamos si tienen hambre.

Les lanzó más comida, para acompañar sus palabras, y los patos dieron buena cuenta de ella rápidamente.

–Estoy contento con mi vida, Frits, pero no te voy a engañar: es cierto que en ocasiones paso hambre. Paso más hambre que cualquiera de esos patos –alzó la vista–. Más que aquellas cigüeñas. Más que cualquiera de esos gorriones. ¿Puedes entenderlo? Tengo hambre, pero también tengo rabia. A veces me desespero, es verdad, pero entonces llega Antje sonriendo y me dice que ha encontrado una casa para trabajar durante dos días, o alguien me deja unas monedas en el sombrero, o vendo una bici, o, últimamente, un nuevo amigo me trae algunas bolsas con comida exquisita. Y la vida vuelve a tener sentido.

El señor Dussel tenía ahora la mirada perdida y lanzaba las migas de manera un tanto inconsciente. Se habían acercado tres patos más. Frits asentía con la cabeza, pero empezaba a notar que tenía que tragar saliva a menudo.

–Antje es mi centro, Frits. Puedes soportar cualquier cosa si estás con la persona a la que quieres. Eso no lo olvides nunca, chico. Mira las dos cigüeñas de la torre. Cuando les dejo algún pez, siempre es la misma la que baja a por él, pero nunca se lo come. Lo lleva en el pico hasta el nido y se lo ofrece a su compañera. Y desde que ha nacido su polluelo, es a él a quien se lo dan. Lo que quiero decirte es que si Antje sonríe,

el atardecer es precioso, aunque no hayamos comido. Y Antje sonríe más últimamente, Frits. Sé que es por ti.

El niño giró la cabeza con brusquedad, sorprendido de nuevo, y Jaap le dio tres golpecitos cariñosos en la nuca.

–No solo por tus bolsas, Frits. Por ti, porque vienes a hablar con un viejo que vive en una barca del canal, aunque algunos digan que es un ladrón o un brujo, y le llamas señor Dussel.

–Es que usted es señor, señor Dussel.

–Lo sé, lo sé –contestó, impostando un poco la voz y sonriendo al tiempo–. Porque tengo sombrero. Espera aquí un momento.

El hombre se levantó y se metió en el camarote. Al poco, salió con una bicicleta.

–Creo que esta sí puedo regalártela.

Frits se levantó de un brinco, con la habilidad que le daban sus años con muletas. No fue capaz de cambiar el gesto durante segundos: los ojos muy abiertos, las cejas levantadas y la boca inmensa, como la entrada de un túnel.

–¡Es preciosa! –acertó a decir.

La bicicleta era en verdad preciosa, pero extraña. Solo tenía el pedal derecho, y este, a su vez, parecía una pequeña jaula.

–Solo tienes que ajustar tu pie aquí dentro, con estas correas, para que no se te salga. Hay unos contrapesos a la izquierda para compensar la pierna que te falta y que vayas recto. Y en estos ganchos puedes transportar tus muletas. Tienes que tener cuidado cuando pares, porque tendrás que apoyarte en una barandilla o en una pared para soltarte el pie.

Frits estaba maravillado. Extendió la mano y acarició el sillín. Su propia bicicleta. Jamás había imaginado que llegaría a tener una. De pronto, sin embargo, separó la mano de la bici bruscamente, como si le quemara. Se acordó de lo que contaba la gente y miró al señor Dussel. Le preguntó con miedo:

–¿La ha robado, señor Dussel? No ha podido comprarla.

El señor Dussel se quedó paralizado. Ni se le había pasado por la cabeza que el chico pudiera pensar que él era un ladrón, como creían algunos, y se sintió triste.

Estuvieron en silencio unos segundos.

–Quizá no debas llevártela si no estás seguro –dijo Jaap finalmente.

Al señor Dussel se le habían humedecido los ojos.

–Sí lo estoy, señor Dussel –trató de corregir Frits, arrepentido–. No creo que la haya robado.

El señor Dussel resopló y cogió de nuevo la bicicleta.

–Frits, en determinados asuntos, creer no es suficiente. Necesito que estés seguro. Me importa poco lo que piensen los demás, pero necesito que tú estés seguro.

De nuevo pasaron unos segundos en silencio. Después, Jaap Dussel miró a ambos lados y bajó la voz.

–Si vienes a la barca esta noche, te contaré un secreto.

6

FRITS salió de su casa cuando estuvo seguro de que su madre dormía profundamente y se encaminó hacia la barca tratando de no hacer ruido con las muletas. Aunque hacía frío, le sudaban las manos y se le resbalaba la empuñadura.

Hasta tres veces había regresado a su cuarto cuando ya estaba a punto de pisar la calle. Nunca había salido de casa sin el permiso de su madre. Durante el día sí, y más ahora, en vacaciones, porque su barrio era muy pequeño y se conocían casi todos, pero nunca por la noche. Si Erika se despertaba y veía que no estaba en su cama, se desmayaría, por lo menos. Es cierto que no quería darle ese disgusto, pero hacía varios días que no pensaba en otra cosa que no fuera el misterio de aquella barca. Y a lo mejor estaba a punto de descubrirlo.

Pero acudir a aquella cita le asustaba. Aunque el señor Dussel le parecía un buen hombre, no podía olvidar la extraña escena que veía por las noches. ¿Sería eso lo que le iba a explicar? Había hecho mil conjeturas. Llegó incluso a imaginarse al señor Dussel haciendo una pócima que lanzaba chispas y que le convertía en un ser deforme. O, más posible aún, una pócima que ocultaba su deformidad durante unas horas, para que pudiera salir de la barca al amanecer.

Jaap Dussel le observaba desde uno de los ventanucos del camarote. Despertó a su mujer.

–Antje, sí que viene el chico.

Comprobó que la cuerda y los ganchos estaban listos y salió a recibirle.

–Me alegra que hayas venido.

Frits le extendió una bolsa con fruta.

–Nadie lo notará en casa.

El señor Dussel la aceptó con una sonrisa.

–Hace fresco. Pasemos adentro.

Frederick dudó un instante, pero entró. El corazón le latía como si quisiera escaparse de su pecho.

El interior de la barca de los señores Dussel no era espacioso, pero tampoco era incómodo. La señora Dussel había preparado un té y lo servía en tres tazas, cada una de un tipo, sobre una pequeña mesa central. Frits se quedó mirando el contenido de la suya.

–Nunca he tomado té, señora Dussel.

Antje miró en torno, sin encontrar nada que pudiera ofrecerle. Frederick estuvo a punto de pedirle leche, a pesar de que los nervios que tenía en el estómago no le iban a dejar tragar nada, pero imaginó que la leche era un lujo que no podían permitirse en aquella barca.

–Agua estará bien –dijo finalmente.

Bebieron en silencio. En un rincón, una gran manta trataba de ocultar algo muy voluminoso y Frits receló, sin poder evitar que Jaap Dussel lo advirtiera.

El hombre retiró la manta. Frits pudo ver la bicicleta que había intentado regalarle, un montón de hierros, muchos de ellos oxidados, y algunas ruedas de bicicletas, todas inservibles.

–No soy un ladrón, Frits.

El señor Dussel prefirió no andarse con rodeos. Sentía la necesidad de dejar las cosas claras cuanto antes.

–Pero te comprendo, ¿sabes? –continuó–. En ocasiones, cuando no entendemos algo, tratamos de convencernos de que es mentira, o buscamos cualquier explicación que nos deje más tranquilos. A mí también me ocurría. Pero a veces las cosas suceden, son como son, y es mejor aceptarlas, sin preguntarse más. Sean buenas o malas. Creíbles o increíbles. Pero no me interpretes mal. Eso no quiere decir que tengas que ser conformista; también hay que luchar por lo que uno quiere y buscarlo. Y echarle imaginación e ingenio a la vida.

Miró a su mujer antes de continuar hablando.

–No soy un ladrón, Frits, ni un brujo, pero nadie se ha preocupado por saber la verdad. Y, cuando me ha detenido la policía, la he contado, pero no me han creído –apuró su taza de té–. Quiero que tú la sepas, Frits. ¿Quieres saberla?

Frits asintió.

Esa noche, Jaap Dussel le llevó por las orillas de los canales de Ámsterdam. En un momento dado tomó la cuerda que llevaba en una bolsa, comprobó que el gancho anudado a un extremo estaba firmemente sujeto y lo arrojó al agua, lejos, manteniendo el otro extremo en la mano. Lo fue recogiendo con cuidado y volvió a lanzarlo. Al cuarto intento, la cuerda se tensó.

–Hemos pescado, chico.

Jaap Dussel comenzó a tirar con cuidado, pero de manera sostenida. Frits entrecerró los ojos para aguzar la vista. De repente, la cuerda volvió a quedar flácida.

–Se ha soltado, pero ya sabemos que está ahí, Frits. Ahora es cuestión de acertar.

Lanzó el gancho otras tres veces antes de conseguir que de nuevo tropezara con lo que fuera que reposaba en el fondo del canal. Esta vez no se soltó. Lo acercó hasta la orilla sin que asomara aún por encima de la superficie, y entonces, con un último impulso, lo sacó del agua.

Del gancho colgaba una bicicleta oxidada y retorcida. La sorpresa de Frederick fue mayúscula, y se le escapó una pequeña exclamación.

–Los canales de Ámsterdam están llenos de bicicletas, Frits. Unas las tira el viento, si están apoyadas cerca y sin atar. Otras las tiran algunos borrachos, por la noche, sin saber qué hacen. Y otras más las tiran sus dueños, cuando ya no valen o cuando quieren cambiarlas. Te sorprendería saber cuántas bicicletas he sacado ya.

Frits recordó la historia de su accidente y se imaginó a su madre arrojando con rabia una bicicleta nueva al canal, horas después de que a él le amputasen la pierna izquierda.

–Pero esta bicicleta no sirve para nada, señor Dussel. Solo son hierros oxidados.

Jaap Dussel sonrió.

–Te equivocas, chico. Todas tienen alguna parte que aún está bien: o el sillín, o el manillar, o uno de los tubos de metal...

Frits empezaba a comprender, pero el señor Dussel se lo dejó finalmente claro.

–Tu nueva bicicleta también salió de estos canales. Está hecha con partes de un montón de bicicletas que parecían inservibles.

Y, diciendo esto, al señor Dussel se le alegraron los ojos, de pura satisfacción.

–¿Y las arregla usted?

–Yo no, el brujo –bromeó el señor Dussel, y esta vez soltó una carcajada que, de alguna forma, dejó escapar la tensión de muchos meses.

Esa noche, de vuelta en la barca, Jaap Dussel le enseñó a Frits un rincón del camarote en el que guardaba una pequeña sierra automática para metal y una pistola de soldar. Entonces, para protegerse los ojos, se puso una careta negra rectangular que le hacía parecer un ser deforme con una cabeza inmensa y le mostró sobre un trozo de tubo oxidado cómo trabajaba, siempre por la noche.

Cuando la sierra tocó el metal, un sinnúmero de chispas de colores alumbraron la habitación.

–No mires al hierro –le había advertido.

Cortó tres trozos rectos, uno más largo que los otros dos. Los lijó con fuerza para quitar el óxido, antes de coger la soldadora y ponerla en marcha. Una nueva ráfaga de luces inundó el camarote.

–Aquí tienes, chico. Una F de Frits. Solo nos queda pintarla. Con lo que sale del canal y un poco de maña, se puede hacer cualquier cosa. También una bicicleta con un solo pedal –dijo, y le guiñó un ojo.

Cualquiera que hubiera estado mirando en esos momentos hacia la barca, habría creído ver la imagen de un ser monstruoso con una cabeza cuadrada, tal vez preparando una poción de la que escapaban, como pulgas contentas, luces de colores.

7

APENAS había dormido, pero le dio igual. Frits apareció a las nueve en punto de la mañana en la barca de los señores Dussel para estrenar su regalo. Su primera bicicleta. Una bicicleta hecha especialmente para él.

Jaap le ayudó a ajustar el pie con las correas que le permitirían pedalear.

–Recuerda que, al frenar, tienes que apoyarte con la mano en algún lugar para soltarte el pie, ¿eh, chico?

El señor Dussel había caído en la cuenta de que Frederick no sabía montar en bici, y le había añadido una pequeña ruedecita de apoyo, a la izquierda de la rueda trasera. No era suficiente para mantener la bicicleta vertical, pero le ayudaría hasta que cogiera confianza y la dominara.

Sin embargo, en el primer intento, y para sorpresa de ambos, Frits fue capaz de pedalear recto sin demasiados problemas. No había duda de que tener una única pierna le había hecho desarrollar un sentido del equilibrio superior al habitual.

En poco tiempo, Frits se sintió cómodo y feliz. La bicicleta era preciosa. De un rojo llamativo y perfecto, con un sillín blandito y un timbre que sonaba como el trino de los pájaros. O no, pero a él le sonaba bien.

En los días siguientes, Frits apareció puntualmente en la barca de los señores Dussel. Cogía la bicicleta y pedaleaba durante horas, recorriendo la ciudad, antes de dejarla de nuevo en el mismo lugar. Le habría gustado poder contarle a su madre que tenía una bicicleta. No una bicicleta cualquiera, sino una bicicleta que habían fabricado expresamente para él. Pero no podía. Cada día debía dejar la bicicleta escondida en la barca del señor Dussel. Si ella llegara a enterarse de que pedaleaba, se pondría roja de furia, le saldría humo por las orejas, maldeciría al mendigo y lanzaría la bicicleta al canal diez veces seguidas. O más.

Lo que no sabía Frederick es que casi todo eso lo iba a hacer su madre apenas tres días después, cuando, por casualidad, le vio salir pedaleando de la zona de amarre de la barca del señor Dussel.

La mujer notó un escalofrío que le salía del corazón y llegaba a todos los rincones de su piel, y las bolsas que llevaba en las manos se le escurrieron hasta el suelo. En una décima de segundo, volvieron a su mente las imágenes de aquella bicicleta que atropelló a su hijo Frederick y lo dejó lisiado para siempre. Primero, la cara se le puso blanca; luego, amarilla, y después fue cogiendo el tono rojizo que ya se había imaginado Frits. El grito desgarrador de Erika llamando a su hijo resonó en toda la calle. También lo oyó él. Pedaleaba con ganas por la orilla del canal cuando escuchó su nombre. Volvió la cabeza instintivamente, perdió el equilibrio, chocó contra un banco y salió despedido. Su pie, amarrado a la jaula del pedal, obligó a que su cuerpo se retorciera antes de caer al suelo sobre sus brazos, sin darle tiempo a colocarlos para frenar el golpe.

Con la cara sobre la acera, Frits escupió para vaciar su boca de algo que le dificultaba la respiración. Comprobó que su sangre era del mismo tono que su bicicleta nueva.

8

FRITS no se había sentido tan inútil en toda su vida. Apenas si podía mover algún músculo sin dejar escapar un gemido de dolor. No le gustaba estar en la cama, y ahora iba a tener que guardar reposo absoluto durante varias semanas, con el cuerpo inmovilizado por un montón de vendas y escayolas.

Pero lo peor era lo de la lengua. Se la había mordido con tal fuerza al caer que habían tenido que darle nueve puntos de sutura, y ahora la tenía tan hinchada que no podía pronunciar palabra. Incluso sorber el agua y algún caldo por una pajita le hacía ver las estrellas.

Los primeros días vinieron a verle sus amigos, pero se cansaron pronto. Él también se cansaba de que estuvieran allí y no poder decirles nada. Cuando venía alguna otra visita, su madre no hacía más que echar pestes del mendigo ese que, por lo visto, le había regalado una bicicleta.

–Robada, claro –añadía–, porque ya me dirás tú de dónde va a sacar ese hombre esa bicicleta, si no tiene donde caerse muerto.

A Frits le habría gustado poder defender al señor Dussel, y contarle a su madre y a todas las visitas que el hombre que vivía en la barca vieja del canal era un buen tipo que no había tenido suerte en la vida, que le había fabricado una bici para él con trozos de las que los demás no querían y que había sido feliz pedaleando por Ámsterdam, recorriendo sus calles sin muletas por primera vez. Estaba seguro de que su madre lo entendería y acabaría apreciando a los señores Dussel en cuanto se le pasara el susto.

Pero hablar le resultaba totalmente imposible. También escribir, y eso le desesperaba. Tenía los dos brazos escayolados. En ocasiones se le escapaba alguna lágrima de impotencia, pero nadie se daba cuenta.

El martes volvió a sonar el timbre, pero esta vez era el señor Dussel. Se había puesto la mejor ropa que tenía, un traje ya anticuado, y había llamado con miedo. Cuando Erika, la madre de Frederick, abrió la puerta, Jaap Dussel estaba cabizbajo y mantenía con nerviosismo su sombrero a la altura de la cintura, sujetándolo con ambas manos. La señora Dussel estaba dos pasos por detrás, sosteniendo un pequeño ramo de flores silvestres.

–Me llamo Jaap Dussel, señora, y esta es mi esposa, Antje –le temblaba la voz–. No queremos molestar. No es necesario que nos deje pasar. Solo nos gustaría saber cómo se encuentra el chico. Pero si fuera posible verle, nosotros querríamos...

Erika no le dejó terminar. Frits, desde su habitación, había oído hablar al señor Dussel y había sonreído por primera vez en varios días. Escuchó también perfectamente los gritos de su madre, maldiciendo a los señores Dussel.

Jaap Dussel trató de disculparse, pero fue en vano. La madre de Frederick cerró la puerta con fuerza, sin dejar de gritarles, y Frits vio por la ventana cómo los señores Dussel se alejaban hacia su barca. Jaap giró la cabeza para mirar hacia la habitación del tercero, debajo del saliente. No veía al chico, pero saludó con la mano, deseando que Frits sí pudiera verlo a él. Y Frits, que sí lo veía, quiso devolverle el saludo, pero no pudo moverse.

Horas después, cuando ya había oscurecido, Frits vio salir de su barca al señor Dussel, con una pequeña bolsa en la mano. Supo que era la cuerda con el gancho.

Esa noche, Frits soñó con él, y lo vio recorriendo los canales de la ciudad, pescando tesoros y bicicletas relucientes. Soñó que pescaba también un pollo asado y que se lo llevaba a Antje, y que se abrazaban al atardecer mientras las chispas del camarote se convertían en fuegos artificiales que iluminaban la noche de Ámsterdam.

9

DURANTE las siguientes noches, volvieron a verse luces saliendo de la barca, y Frits adivinó sin problemas la figura del señor Dussel, con su máscara de soldador. Se alegraba de que siguiera encontrando viejas bicicletas que restaurar y vender, pero, por otro lado, sentía un pequeño vacío al pensar que todo en la vida del hombre seguía exactamente igual, sin él.

Jaap, por su parte, trabajaba sin descanso. A veces se atrevía a levantar la vista y miraba hacia la ventana, pero temía que el chico ya no quisiera seguir sabiendo de él. Tampoco sabía cómo se encontraba tras el accidente, y las dudas le carcomían.

Desde el momento en que Erika le cerró la puerta tuvo claro lo que iba a construir. Se había puesto a ello sin descanso y, cada noche, cuando terminaba el trabajo, ataba una cuerda a lo ya construido y lo arrojaba al canal por la borda, dejando el otro extremo de la cuerda amarrado a la barca pero oculto. Así, en caso de que la policía viniera a hacer un registro, como otras veces, no lo encontrarían y no podrían llevárselo.

Frits se dio cuenta de esto al segundo día, cuando comprobó que, al anochecer, el señor Dussel recuperaba lo que había arrojado al canal la noche anterior. También supo que apenas habían comido.

Seis días después, en mitad de la noche, el señor Dussel apoyó una escalera inmensa, fabricada con hierros viejos de bicicleta, en la fachada del edificio del restaurante.

La ventana del tercero estaba entreabierta y no le costó introducir su cuerpo en la habitación. Con la vista ya acostumbrada a la penumbra, vio al chico tendido en la cama, dormido. Parecía una marioneta rota y sintió lástima.

De haber sido otro quien había entrado por la ventana, se habría preguntado por qué le había tenido que ocurrir aquello a Frits, pero Jaap Dussel no. Jaap Dussel sabía que a veces las cosas ocurren, son como son, y es mejor aceptarlas sin preguntarse más. Sean buenas o malas. Creíbles o increíbles. Así se lo había dicho una vez a Frits, con esas mismas palabras, porque había comprobado que la vida era de esa manera.

Pero no podía evitar sentir lástima por el chico. Se acercó con sigilo y le acarició la cabeza. Frits se despertó de repente y la sorpresa le empujó a gritar, pero apenas consiguió emitir un sonido suave.

–Tranquilo, Frits. Soy yo –se presentó bajando la voz. Le mostró el sombrero–. Soy el señor Dussel.

La sorpresa de Frederick dio paso a una sonrisa inmensa, y Jaap Dussel sonrió también.

–Te diría que vinieras a pescar bicicletas –bromeó–, pero...

Frits movió la cabeza afirmativamente.

–Tranquilo, chico, lo haremos. Volveremos a pescar bicicletas. Palabra de Jaap Dussel.

Un ruido en el pasillo los alertó y el señor Dussel se lanzó hacia la ventana. La puerta de la habitación se abrió de golpe. Erika, la madre de Frederick, todavía vio cómo el mendigo de la barca descendía por la escalera, hacia la calle.

10

FREDERICK lo vio por la ventana. La policía no tuvo reparos en sacar al señor Dussel de su propia barca esposado. Apenas unas horas después de que Erika presentara la denuncia contra él por haber entrado en su casa, tres hombres uniformados se lo llevaban.

La señora Dussel contemplaba también la escena, pero ella desde un rincón de la barca, limpiándose las lágrimas con un pañuelo. Después vinieron dos policías más, registraron las estancias y se llevaron todos los hierros y las bicicletas viejas que había en su interior. También la sierra de metal y la soldadora. Y la careta rectangular.

Frits lloraba de rabia. Le habría gustado gritar, salir corriendo y detener a los policías, decirles que el señor Dussel era buena gente y que solo había ido a ver cómo estaba. Pero le dolió todo el cuerpo al intentarlo.

La detención se prolongó por más tiempo del habitual. Frits confiaba en que el señor Dussel volviese a la barca un par de días después, como ocurría cuando alguien le denunciaba en falso por haber robado una bici. Pero no fue así. Pasaron los días y Frits solo veía a la señora Dussel, que volvía cabizbaja, al acabar el día, pocas veces con palomas o restos de algún mercado.

Tres días más tarde, al anochecer, ocurrió lo de la señora Dussel.

Frits pudo verlo también desde su ventana. Vio a Antje Dussel tirar de una cuerda que caía por la

borda de la barca y contempló como emergía, atada a su extremo, la escalera inmensa que el señor Dussel había utilizado para trepar hasta su ventana. Imaginó que Jaap había preferido ocultarla otra vez, por si venían a registrar la barca.

La mujer consiguió sacarla del agua a duras penas y transportarla hasta la acera. La apoyó en la torre de la iglesia.

Frits comprendió desde el primer momento que la señora Dussel quería alcanzar el nido de la cigüeña.

Antje se había sentido mal al tomar la decisión. Nunca había comido una cigüeña. Sí palomas, patos, gorriones y otras aves, pero no cigüeñas. Las cigüeñas

* siempre le habían parecido más humanas que muchas personas. Le caían bien. A los dos les caían bien. Y más esas dos cigüeñas, a las que incluso habían dado pececillos en ocasiones. Pero su situación era ya desesperada. Desde que se llevaron a Jaap, apenas había comido. Se trataba de sobrevivir. Intentaría alcanzar el nido y cogería al cigoñino. Ya tenía buen tamaño y los padres no dormían en el nido, sino en algún saliente próximo.

Giró la cabeza a derecha e izquierda para asegurarse de que no venía nadie y comenzó a subir.

Desde abajo, el nido no parecía tan enorme. Pero lo era. Más que una rueda de camión. Antje apoyó primero el pie derecho en el alero donde reposaba el nido. Después, el izquierdo. No se atrevió a ponerse de pie. Encogida, estiró el cuello para mirar dentro del nido. Había un polluelo hermoso, cubierto de un plumón grisáceo. El cigoñino estiró también el cuello, y se quedaron mirando.

–Hola –dijo Antje, sin saber muy bien por qué.

El polluelo se limitó a abrir el pico y a emitir unos chilliditos reclamando comida. Hasta entonces, para él, cualquier cuerpo cerca del nido era alguien que le traía comida.

Un siseo a las espaldas de la señora Dussel le hizo darse la vuelta. Aún pudo ver cómo la escalera resbalaba poco a poco hacia un lado antes de caer al suelo y romper la noche con estrépito.

11

En su habitación, Frits se había quedado de piedra. Había contemplado, estupefacto, cómo la escalera había comenzado a resbalar, centímetro a centímetro, mientras la señora Dussel miraba despreocupada dentro del nido.

Intentó levantarse para abrir la ventana y avisarla, pero ni podía moverse ni podía hablar. Ahogó un grito mientras la escalera caía sin remedio. Erika, que desde el accidente dormía casi con un ojo abierto, entró en la habitación para ofrecerle un vaso de agua con la pajita.

Frits negó con la cabeza. Trató de señalar hacia la ventana con la vista, confiando en que su madre pudiese ver a la señora Dussel, incomunicada en aquel saliente de una de las torres de la iglesia. Sabía que su madre, aunque no sintiera ningún aprecio por los señores Dussel, no dejaría a aquella mujer allí, a su suerte.

Pero Erika no entendió la mirada de su hijo, le dio un beso en la frente y se fue.

Al principio, Antje se quedó paralizada. Miró al suelo y tuvo que apoyarse en el nido para no caer. La calle parecía estar lejísimos, mucho más que el nido cuando mirabas desde el suelo. De nada le serviría gritar, al menos durante la noche; las calles estaban desiertas y nadie podría oírla.

El viento soplaba frío allí arriba y temió que una ráfaga más fuerte pudiera llegar al lanzarla al vacío. El cigoñino parecía mirarla con interés. Entonces, el polluelo se movió y se hizo a un lado para dejarle un hueco en su nido, antes de emitir un pequeño chillido.

Antje se acercó un poco más, con cierto recelo. El interior del nido estaba lleno de plumas, hojas secas, paja y algún plástico. No olía bien, pero parecía caliente. Una nueva ráfaga de viento la animó a meterse en él. Se acurrucó, hecha un ovillo, y el polluelo se acomodó a su lado. En verdad estaba caliente y, aunque sonara absurdo, agradeció la compañía. Por un instante, deseó ser cigüeña.

Tardó en despertar y, cuando lo hizo, estaba aturdida. Abrió los ojos despacio, sin darse cuenta al principio de dónde estaba. No tenía frío. De hecho, estaba perfectamente tapada. Trató de arroparse aún más, pero en ese momento, la manta de plumas que la cubría comenzó a elevarse, separándose de ella.

Vio a su lado al polluelo que había intentado robar apenas unas horas antes. Entre ambos se alzaban dos patas anaranjadas, coronadas por el cuerpo de la cigüeña inmensa que había velado su sueño. Era la madre del pequeño.

Un aleteo estruendoso le hizo volver la cabeza para ver cómo otra cigüeña se posaba al borde mismo del nido. Traía un sinfín de gusanos en el pico. El polluelo comenzó a pipiar lastimosamente, estirando mucho el cuello, con el pico abierto.

Incomprensiblemente, sin que ella misma supiese por qué, Antje estiró a su vez el cuello y abrió la boca. De su garganta salió el mismo sonido que había emitido el polluelo. Antje no lo supo entonces, pero lo que había abierto ya no era una boca. Era un pico. Se miró el cuerpo. Unos finos cañones, que en unos días serían plumas, asomaban por su piel.

Se sintió confundida, pero también se sintió feliz.

12

FRITS había intentado gritar varias veces más porque, poco después de que la señora Dussel se metiera en el nido, había visto llegar a una cigüeña grandísima. Primero había sobrevolado el nido, en círculos, tratando de adivinar qué era lo que acompañaba a su cría. Después se había posado en el lugar más alejado del alero, inquieta. Finalmente se había acercado, lentamente, balanceando la cabeza.

Frits pensó que la cigüeña atacaría a la señora Dussel y la echaría del nido a picotazos, y que caería al vacío. Pero, en lugar de eso, el animal había levantado sus patazas enormes para meterse con cuidado en el nido y arropar con su cuerpo a los dos durmientes: su cría y ese otro cuerpo que descansaba a su lado, aterido.

Cuando, horas después, sin haber pegado ojo en toda la noche, vio asomar a la señora Dussel, pensó que se había vuelto loco: estaba casi seguro de haber visto cómo Antje abría algo que parecía más un pico que una boca.

13

JAAP Dussel regresó una semana después. No tenía mal aspecto. Por lo menos, en la comisaría había comido caliente. Recorrió la barca varias veces y esperó hasta bien entrada la noche sobre la cubierta a que volviera su mujer, pero terminó acostándose.

Frits lo observó todo con una cierta sensación de lejanía. Con los últimos acontecimientos, ya no estaba seguro de nada. Ni siquiera sabía si su relación con los señores Dussel había sido real o solo un sueño.

En el interior del nido del tejado había ahora dos pollos de cigüeña casi adultos, pero intentó convencerse de que estaban ya desde el primer día, de que creyó ver algo que no ocurrió y de que la señora Dussel, de alguna manera, había bajado de la torre y se había ido, quizá desesperada por la ausencia de su marido.

Durante los días siguientes, Jaap miró de vez en cuando hacia la ventana de

Frederick y levantó la mano, confiando en que el chico pudiese verla. Frits ni siquiera pensó en devolver el saludo. Se conformaba con verle pasear por la barca mecánicamente, repitiendo los mismos movimientos, como un oso enjaulado.

Algunas personas aún dejaban monedas en el sombrero, pero el hombre ya no trataba de pescar. Ni de buscar bicicletas. Frits comenzó a preocuparse un lunes, cuando le vio sentado en la acera, con las piernas colgando, tirándoles las monedas del sombrero a los patos, como si fueran migas de pan.

Entonces, los recuerdos volvieron de golpe a la cabeza de Frits. Le pareció verse sentado al lado del señor Dussel, en ese mismo lugar, lanzando migajas, y sonrió al escuchar en su cabeza la voz del hombre de la barca del canal diciéndole que, en ocasiones, le gustaría ser un pájaro, y que las cosas pasaban y que había que aceptarlas, fueran buenas o malas, creíbles o increíbles.

Y justo en ese momento, lo creyera o no, la cigüeña nueva de la iglesia, que ya había aprendido a volar, se posó sobre la cubierta de la barca, donde el hombre no podía verla, y depositó cinco pececillos recogidos del suelo del mercado, antes de batir de nuevo las alas y alejarse hacia su nido, en lo alto de la torre. Un nido nuevo que no estaba días atrás.

El señor Dussel los encontró al volver a la barca. Se sorprendió al principio y volvió la cabeza a ambos lados, pero enseguida levantó la vista y miró hacia la ventana de Frits, sonriendo. Alzó la mano para agradecer el detalle y, esta vez, el chico sí intentó devolver el saludo, aunque no hubiera tenido nada que ver con ese regalo.

Esa tarde, Jaap encendió el hornillo, sacó la sartén y frio el pescado. Después salió del camarote y se sentó sobre la cubierta, para ver atardecer. Desde su habitación, Frits alcanzó a ver cómo se secaba las lágrimas.

Mirando cómo se ponía el sol, Jaap Dussel se repitió que él había aprendido que la vida era así, que las cosas ocurrían y que había que aceptarlas, sin buscar explicaciones. Fueran buenas o malas. Pero, quizá por vez primera, esa seguridad se le tambaleó y, sin quererlo, se preguntó por qué su mujer le había abandonado y por qué el chico, que por lo visto estaba mejor, le traía unos peces y no se quedaba para saludarle.

14

Dos días después, la escalera de metal se apoyó de nuevo en el muro de la iglesia. Nadie la había retirado del pie de la torre desde que se cayó y dejó a la señora Dussel incomunicada junto al nido. Al apoyarla ahora, Jaap Dussel no podía imaginar que no era la primera vez que estaba colocada en esa posición. Miró hacia el nido nuevo, el único en el que aún dormía una cigüeña, y colocó el pie izquierdo en el primer peldaño.

Había cogido un saco de boca grande. Subiría con sigilo y trataría de lanzárselo al animal por encima, antes de que se despertase. Pensó que su mujer jamás podría perdonarle si se enteraba de que se había comido una cigüeña. A Antje le caían bien las cigüeñas, le parecían más humanas que muchas personas. Y él también lo pensaba.

Pero Antje no estaba y él se había cansado de luchar, de mendigar comida y de pasar hambre.

Frits estaba despierto. Como se pasaba el día entero en la cama, dormía a ratos.

Cuando los ojos comenzaban a pesarle, se dejaba invadir tranquilamente por un sopor sereno que le hacía descansar. El pie derecho había mejorado mucho y podía mover la pierna y el tobillo, pero aún no intentaba caminar porque los brazos seguían inmovilizados e imaginaba que no serían capaces de sujetar las muletas. La lengua sí le dolía aún. Era un músculo fuerte y cualquier movimiento hacía que los puntos se estiraran y la herida se resintiese.

Miró hacia la ventana en el momento en que Jaap Dussel estaba colocando la escalera y tuvo una sensación totalmente real de estar viendo una escena repetida. Supo exactamente qué era lo que el señor Dussel quería hacer, y la sola idea le horrorizó.

No intentó pensar. Las escayolas de los brazos le impedían doblar los codos, pero logró apoyar las muletas bajo sus axilas, reprimiendo un grito de dolor

intenso. Le resultaba imposible hacer ningún tipo de fuerza con los brazos, pero si colocaba bien las muletas, podía sujetar su cuerpo y balancearse lentamente hacia adelante antes de apoyar su pierna, con extremo cuidado. Tenía que avisar al señor Dussel. Tenía que avisarle a toda costa, aunque no pudiese hablar. Le echaría ingenio, como le había dicho Jaap en una ocasión. Lo cierto es que si alguien podía creer lo que iba a contarle, ese solo podía ser el hombre de la barca vieja del canal. Y esta vez no dudó en salir de su casa en plena noche. Había demasiado en juego.

La calle aparecía desierta y notó el suelo frío y húmedo en su pie descalzo. Si levantaba la cabeza, podía ver al señor Dussel alcanzando casi la mitad de la escalera. Hacía viento y el hombre aseguraba cada paso y trataba de pegar el cuerpo a los peldaños.

Mientras avanzaba, Frits pensó en la extraña situación que estaba viviendo; en toda la historia en sí. Se estaba arrastrando, dolorido, por una calle de Ámsterdam, tratando de evitar que un hombre

al que muchos consideraban un ladrón o un brujo atrapase a una cigüeña que –y esto le costaba incluso imaginarlo– podía ser la propia mujer del señor Dussel.

Por un instante se sintió ridículo, al borde de la locura, y supo que si se veía en la necesidad de explicarlo, nadie creería jamás el motivo por el que estaba en medio de la noche por las calles de la ciudad. Pero entonces pensó también en su bicicleta nueva, la que el señor Dussel había fabricado expresamente para él, y se esforzó en avanzar más rápido.

Alcanzó la base de la escalera cuando Jaap apoyaba el primer pie en el alero del tejadillo. Trató de gritarle, pero el único sonido que salió de su garganta sonó amortiguado y le provocó tal dolor que casi le hizo vomitar. Se dejó caer, agotado.

Desde el suelo, jadeando, miró hacia la barca. Mil imágenes se agolparon en su mente y, por una vez, tuvo claro lo que iba a hacer.

Consiguió ponerse en pie apoyando el cuerpo en el muro y haciendo fuerza con la espalda y la pierna. Le dolieron los hombros, pero no les prestó atención.

Jaap apoyaba ya ambos pies cerca del nido. La cigüeña dormía todavía. El hombre fijó la vista en la ventana de Frits y deseó que no estuviera mirando hacia allí. No quería que le viera atrapando una cigüeña. Contempló también el horizonte, por encima de los tejados, y sintió envidia de cada pájaro. También del que estaba a punto de cazar.

Frits se balanceó sobre su pierna y dejó caer todo su peso sobre la escalera, pero apenas se movió un poco. Cogió impulso de nuevo y volvió a hacerlo. Se desesperó. Era demasiado alta para poder moverla con su peso desde abajo. Quizá lo lograse si la empujaba desde más arriba, pero no así.

Buscó alguna manera de encaramarse al muro, pero le resultaba imposible. Se apoyó de nuevo en la pared y tomó todo el impulso que su cuerpo le permitió.

Quizá fue el leve movimiento en la escalera, o quizá la presencia de un hombre, pero lo cierto es que la cigüeña salió volando apresuradamente de su nido, asustada. Frits la miró, después miró al señor Dussel y se dejó caer de nuevo contra la escalera. Titubeó. A lo mejor no hacía lo correcto; quizá había fantaseado y se había dejado llevar por pensamientos locos.

Durante unas décimas de segundo, mantuvo de nuevo el cuerpo en equilibrio, sin atreverse a tratar de empujarla de nuevo. Pero entonces ocurrió.

La cigüeña, que había volado en círculos, agitada, se abalanzó sobre la parte superior de la escalera y rodeó con sus patas el lateral de uno de los peldaños. Aleteó con fuerza. El señor Dussel se había quedado petrificado. Arrodillado junto al nido, asistía atónito a un espectáculo que no entendía y que incluía a Frits, el muchacho al que le había regalado una bicicleta.

Y Frits, que había mantenido el cuerpo en vilo sin atreverse a empujar de nuevo, lo dejó caer con fuerza cuando vio que la cigüeña también trataba de tirar la escalera.

Un silbido metálico cortó el viento y la escalera se estrelló contra la acera. Frits se arrastró hasta allí y solo tuvo que ayudarla un poco para que cayera al canal, asegurándose así de que nadie pudiera colocarla en la torre de nuevo. Las aguas oscuras se la tragaron sin esfuerzo.

Frits, entonces, miró a la cigüeña, que volvía a volar en círculos. Y, aunque no pudiera explicarlo, estuvo seguro de que el señor Dussel se acurrucaría dentro del nido y de que, al poco, por su piel asomarían unos finos cañones que, en unos días, se convertirían en plumas.

Epílogo

Ese año hubo dos cigüeñas en Ámsterdam que no emigraron. Algún periódico local se hizo eco de la noticia y lo consideró una prueba evidente de que en el país no hacía tanto frío como antes.

Frits, ya recuperado totalmente, las observaba con frecuencia desde su ventana. En ocasiones, aún se preguntaba si los señores Dussel habían existido alguna vez. Pero entonces frotaba la lengua contra el paladar y notaba una cicatriz que le recordaba aquella bicicleta, y sonreía. Sabía que pocas cicatrices traían buenos recuerdos, pero la suya era de esas.

La madre de Frederick imaginó que los mendigos de la barca se habrían ido de la ciudad y no volvió a hablar de ellos, aunque sí de las cigüeñas. Un día llegó incluso a darle a Frits unos boquerones que habían sobrado de la comida para que los dejase al pie de la torre del nido porque, decía, venía un invierno duro y era mejor que las dos cigüeñas que se habían quedado cogieran fuerzas, porque le alegraba verlas.

Qué raros eran a veces los mayores.

Lo que sí se preguntó Frits a menudo fue si los señores Dussel seguirían siendo los señores Dussel; si se acordarían de él.

Algunas tardes veía llegar al nido a una de las dos cigüeñas con el pico lleno de comida y ofrecérsela a la otra. Después ambas se erguían, muy juntas, y se quedaban mirando hacia el oeste, mientras el sol se ponía. Frits no lo supo nunca, pero aquellas cigüeñas sonreían por dentro.

Una mañana, vio que una de las dos estaba posada en el borde de la barca mirando hacia el edificio del restaurante, el suyo. Y se situó en el mismo lugar durante tres días seguidos.

Al cuarto, Frits se acercó a la barca. La puerta del camarote estaba abierta, como la había dejado el señor Dussel antes de subir al nido. Nada había cambiado, pero ya no estaban los hierros oxidados, ni la sierra y la soldadora. Tampoco la careta que tanto miedo le había dado al principio. Salió a la cubierta y se acercó al lugar en el que se había posado la cigüeña los días anteriores. Había una cuerda amarrada, tensa, que se hundía en el agua.

Volvió la vista hacia el nido. Las dos cigüeñas estaban sobre el alero, inmóviles, mirándole. Tomó el cabo y tiró. Primero, con miedo. Después, con fuerza. Tenía algo atado. Algo que los señores Dussel habían dejado escondido, como la escalera, para que no lo encontrara la policía. Dejó las muletas y se sentó para poder ayudarse de las dos manos. Al poco, su bicicleta roja, con un solo pedal, emergió de las aguas. Automáticamente, miró de nuevo hacia el nido, pero solo pudo ver a una de las cigüeñas. La otra acababa de posarse sobre la cubierta de la barca. Se le acercó balanceando la cabeza y, con el pico, tocó suavemente la correa del pedal, sobre la que tantas veces había insistido el señor Dussel.

Durante unos segundos, Frits se quedó quieto. ¿Era una tontería hablarle a una cigüeña? Probablemente. Y a cualquiera le parecería también absurdo que un niño con una pierna pudiera pedalear, y que un mendigo pescara bicicletas, y que una persona hubiera deseado alguna vez ser una cigüeña para no pasar hambre. Recordó que el señor Dussel le había dicho que podías soportar cualquier cosa si estabas junto a quien amabas. Y entonces estuvo seguro de que ahora él y Antje eran felices. Miró la correa del pedal y luego a la cigüeña.

–Tranquilo, señor Dussel. Me acordaré –susurró.

También recordó aquella ocasión en que Jaap Dussel entró en su habitación y le prometió que volverían a pescar bicicletas en los canales de Ámsterdam. Y lo había cumplido.

Y allí, acariciando una bicicleta que habían hecho para él, y mientras la cigüeña alzaba el vuelo para unirse a su compañera, tuvo claro que, en la vida, las cosas pasaban y había que aceptarlas.

Aunque parecieran increíbles.

Villaturiel (León), verano de 2012

TE CUENTO QUE A DAVID FERNÁNDEZ SIFRES...

... le encanta viajar. En uno de sus últimos viajes visitó Ámsterdam, la ciudad de las bicicletas, y pensó que le gustaría escribir una historia que pasase allí, con sus canales y sus barcas. Y con los nombres raros de la gente. David vive en León, en un noveno, y desde la habitación en la que escribe ve un nido de cigüeña. Cada año, cuando nacen los polluelos, los observa con prismáticos. Una vez, también pensó que le gustaría escribir una historia con cigüeñas. Al final escribió esta, mezclándolo todo, como las recetas de su madre. Y quedó rico, ¿no?

David Fernández Sifres nació en León en 1976. En 2008 publicó su primer libro, *¡Que viene el diluvio!* Después escribió otros tres: *El faro de la mujer ausente*, Premio Alandar 2011; *Un intruso en mi cuaderno*, Premio Ala Delta 2012, y este que acabas de leer, *Luces en el canal*, con el que ha obtenido el Premio El Barco de Vapor 2013.

¿QUIERES LEER MÁS?

LA MAYORÍA DE LA GENTE NO ESTÁ INTERESADA EN CONOCER A PERSONAS COMO JAAP DUSSEL. Tampoco nadie parece prestar atención a ese hombre que pide limosna a la puerta del supermercado. Quizá es invisible... Raquel tiene su propia teoría: es un extraterrestre venido de las estrellas al que solo algunos niños pueden ver. En **MI NOMBRE ES SKYWALKER** conocerás la entrañable relación que se establece entre los dos personajes.

MI NOMBRE ES SKYWALKER
Agustín Fernández Paz
EL BARCO DE VAPOR, SERIE NARANJA, N.º 164

EL SEÑOR PELTOONEN ES CASI TAN MISTERIOSO COMO EL SEÑOR DUSSEL: TIENDE LA ROPA RECIÉN LAVADA JUNTO A LAS HOJAS DE LECHUGA y nadie sabe qué significa la S que hay delante de su apellido. Ha nacido en Islandia y ha viajado por el mundo entero con una *troupe* de circo. **MI VECINO DE ABAJO** narra los secretos del enigmático señor Peltoonen.

MI VECINO DE ABAJO
Daniel Nesquens
EL BARCO DE VAPOR, SERIE NARANJA, N.º 213

DANIEL TIENE DIEZ AÑOS Y LE GUSTA JUGAR AL FÚTBOL TANTO COMO A FRITS LAS BICICLETAS. Maxama es un vendedor de top-manta al que conoce Daniel, y sabe de fútbol tanto como Jaap de bicicletas. Si quieres conocer su historia, no te pierdas **EL BALONAZO**, una novela sobre la amistad entre dos personas muy diferentes que se ayudan mutuamente.

EL BALONAZO
Belén Gopegui
EL BARCO DE VAPOR, SERIE NARANJA, N.º 201

MARCOS TIENE DIEZ AÑOS Y ACABA DE CONOCER A UNA NUEVA CLIENTA EN EL BAR DE SU ABUELO: UNA MUJER MAYOR LLAMADA CAROLA, ataviada con turbante y gafas negras, que juguetea con una baraja de póker. En **LA VERDAD SOBRE LA VIEJA CAROLA** conocerás las aventuras que vive Marcos gracias a esta nueva y extraña amistad. Viaje a Tanzania incluido.

LA VERDAD SOBRE LA VIEJA CAROLA
Carmen Pacheco
EL BARCO DE VAPOR, SERIE ROJA, N.º 202